아침

밤새 얼어붙은 대지를 녹일
여명이 밝아 오르며
산어귀에 얼굴을 들고
나뭇잎 사이 미끄러지듯 내려오네

어느 절에 살포시 다가와
하얀 유리 도화지에
높은 산 하나를 그리며
아침은 잔잔히 바라보고 있네

떠나가기 아쉬워
잠깐의 헤어짐이 아쉬워
느지막이 낮은 산등성이 그리며
눈물로 내일을 기약하네

낮은 곳에서 부르는 희망가

낮은 곳에서 부르는 희망가

ⓒ김옥자, 2023

1판 1쇄 인쇄__2023년 02월 15일
1판 1쇄 발행__2023년 02월 25일

지은이__김옥자
펴낸이__양정섭

펴낸곳__예서
　　　　등록__제2019-000020호

제작·공급__경진출판
　　　　사업장주소__서울특별시 금천구 시흥대로 57길 17(시흥동), 영광빌딩 203호
　　　　전화__070-7550-7776　팩스__02-806-7282
　　　　홈페이지__https://mykyungjin.tistory.com
　　　　이메일__mykyungjin@daum.net

값 10,000원
ISBN 979-11-91938-45-6 03810

예서의시 023

낮은 곳에서 부르는 희망가

김옥자 시집

예서

차례

아침

제1부

제2부

제3부

제4부

제1부

낮은 곳에서 부르는 희망가

청아한 풀피리 소리
길가에 우두커니 서서
둥글게 펼쳐진 동네를 바라보며
저만치 매화산을 향해
나 홀로 불어본다

지난날의 추억을 그리며
버들피리 꺾어 불며
외로운 마음 한편에
희망을 품어보련다

맑디맑은 날
깨어진 돌마루에 걸터앉아
지붕 사이로 보이는
손바닥만한 하늘을 올려다보니
지난날의 설움 복받쳐 올라
그득한 눈물 삼키며
허공을 응시한 채
나만의 희망가를
나지막이 불러본다

괜찮아

천근만큼 나가는 몸을 일으켜
네 바퀴 달린 차가운 쇳덩이 위에 앉으면
오늘이란 하루가 열린다

고통이 목덜미까지 쪼여 들지만
두꺼운 창으로
비집듯 엷게 스며드는 햇살에
괜찮아
오늘도 사는 거지

한 포기 모처럼 잿빛 진흙 속에
박힌 듯 가라앉는 몸뚱이
머릿속 요란한 엔진소리 끊이질 않고
고단함에 절여져 녹초가 돼도
괜찮아
그렇게 사는 거지

이 내 몸 뉘일 수 없어
안간힘으로 버티는 시간이 고달파도
시멘트 틈새에 굳건히 핀 노란 민들레에

괜찮아
이렇게 사는 거지

벽이 가로막아 절망이 빠져들고
때때로 흔들리는 나뭇잎 같아도
때때로 돌부리에 넘어져도
내 곁에 버팀목인 벗이 있어
괜찮아
부둥켜안고 사는 거지

나는 목마르다

태양이 머리 위에 맞닿는 정오가 지났다
갈증이 식도를 따라 목젖까지 타고 오른다
팔만 뻗으면 지척에 수도꼭지인데
꿈속에 있는 듯하구나

질경이 넓은 이파리 펴고
새벽이슬에 흠뻑 젖을진대
손바닥을 펴고 빗물이라도 받으려 하여도
구름 한 점 없는 하늘 단비는 오지 않는다

입술 앞에 다가와
벌컥벌컥 들이키고 싶은 충동이
여름 소나기 퍼붓듯 일렁이지만
밤이 무서워 유혹을 뿌리쳤다

내 안에 작은 우물이 있다면
목마르지 아니할진대
작은 사막이 한자리 차지하고
불쑥불쑥 나타나는구나

꿈

이제 갓 껍질을 뚫고 나와
두 팔을 벌려 기지개 켜고
세상만사 모른 채 어미 품에 잠들곤
로봇이 되어 하늘로 떠올라
행복에 겨워 미소짓는구나

먼 미래 꿈꿀 줄 모르고
현재의 날만을
날개 달린 듯 하늘을 날아
마을을 두 눈에 담고
은행나무 앞에 사뿐히 내려본다

깃털만큼이나 가벼운 몸뚱이
둥둥 구름 같구나
눈 깜짝할 새에
이쪽저쪽 자유로이 누벼본다
정녕코 깨이고 싶지 않다

길 위의 맨드라미

잦은 비가 내리던 여름
세상살이 험한 줄 모른 채
잿빛 시멘트 자갈 틈새를 뚫고
햇살을 보려 고개를 내민 너
보란 듯이 서 있는 널 본 순간
반갑기 그지없구나

지나가는 나그네에 밟힐까
너의 삶도 고단하구나
지나가는 바퀴에 문드러질까 봐
너의 삶도 고달프구나
모두가 잠든 깊은 밤
비로소 숨통이 트이겠구나

목마름에 허덕이며 견딘 지난날들의 회상
쓰레기 더미 겹겹이 쌓여 어둠에 갇혀서
무서움에 소스라치는 널 생각하니
마음 편치 않고 가슴 아프구나
어떻게 되었을까 걱정되고
애가 타 발만 동동거리는구나

담벼락 너머 마당 가에서 날아온 너
떠도는 바람을 원망하랴
조금 더 멀리 날아갔더라면
무관심한 세상을 원망하랴
무수히 곱씹은들 부질없구나
내게 미소를 준 너를 기억하며

너와 가는 길

이생의 여행이 시작될 때
놓칠세라 따라붙은 너
나 홀로 가는 길이 심심할까 봐
외로움에 허덕일까 봐
벗이 되어 주려 함께 거니느냐

네가 있어 되려 외톨이가 된 것을
정녕코 모르느냐
원하지 않는다고 제발 떨어지라고
밀어내고 화를 내도 서운치 아니하고
도리어 깊숙이 파고든 너

너만의 방법으로 방방곡곡 뺨치듯
작은 손가락 하나 발가락 하나까지
남김없이 어루만지며 사랑한다고
내 전부를 차지한 너
얼마나 더 빼앗아야 만족하느냐

한시도 떨어짐 없이 평생을 함께했는데
인제 그만 놓아주면 아니 될까

고통에 몸부림치는 내게
단 한 번의 웅크림조차도 허락지 않으면서
자신의 존재를 잊지 말라며 불쑥불쑥
괴롭게 하는 너란 존재

이렇게 빈 껍질을 갖는다고
끝까지 함께 갈 줄 아느냐
이 여행의 막이 내릴 때 벗어 던지고
홀연히 떠나면 그만이다
너란 감옥에서 벗어나
자유로운 영혼으로 가벼이 나르리라

위로

뜰 아래 햇살이 드리우니
띄엄띄엄 자란 달래
서로 마주보며
자신이 더 크다며 여념 없고
자두나무 가지가지
다람쥐 나와 노닌다

장독대 부추꽃
예스러움과 소박함을 말하고
보랏빛 가지꽃
어서와 어서와 보라며
노란 꽃술 내보이고
환하게 웃는다 나도 피었다며

풀숲 사이 헤치고 나온
이슬에 흠뻑 젖은 청개구리
끔뻑끔뻑 아침 인사를 건네고
영그는 벼들 금물결 일렁이고
단풍잎만큼 짙어진 외로움
작은 위로를 건넨다

별과 달

어둠이 내린 지 오래
돌마루에 앉아 있노라면
병풍처럼 둘러쳐진 산 그림자
뒷산 뒤뜰 나무들 춤추며 쪼여오고

긴 하루를 곱씹으며
되새김질하는 소
외양간 지붕 위
옹기종기 앉은 늙은 호박
하늘의 별을 세네
수돗가 대야에 뜬 시린 달
흐느껴 우는구나

포근함은

억수같이 퍼붓는 비
온몸으로 맞이하고
칼바람에 얼굴로 파고드는 눈
젖은 목장갑 벗어 던지고
맨손으로 다 견디어 냈는데
다리를 잃는 고통마저도
외로움 네가 무엇이라고

성난 파도처럼
밀려드는 외로움에
맥없이 와르르 무너진 돌탑
내 마음 둘 곳 잃어
내 갈 곳 잃어
정처 없이 가시덩굴 헤치고
산중山中으로 발 들였다

산기슭 밤나무 아래
눈 쌓인 볏짚 가리 응달에 서서
굽은 등 기댄 채 가만히
고요히 흐르는 시간 왠지 모를

포근함이 느껴지는 건 왜일까
언 발이 아프지만 그대로 서 있고 싶었다
나락 한 톨만치의 포근함 일지라도

그리운 소리

졸졸졸 흐르는 작은 도랑물
뽁뽁뽁 마늘종 뽑는 소리
파꽃 꿀 따는 벌들의 무수한 날갯짓

이랴 이랴 워~워~~
밭 가는 쟁기질 소리
기적소리 우렁차게 울리는 딸딸이

봉당에 똑똑 떨어지는 낙숫물
별이 쏟아지는 풀벌레 우는 밤
바람에 부대끼며 흔들리는 참 나뭇잎
정겨운 고향의 소리

책갈피에 끼워둔
빛바랜 은행잎처럼
기억 저편에서
사십여 년 긴 세월 속에 옅어져 가는구나

이 자리

넓은 세상에 혼자라는 심연이
왠지 모르게 깊어진다
머물 자리가 아닌 듯
내 자리가 아닌 듯하다
땅 위에 억지로 박힌 돌처럼
어색한 삶이 서러웁구나
돌마루에 앉아 설움을 훔치고
희망가를 부르던 그 날을 잊었는가

불 꺼진 밤 슬픈 심연이
왠지 모르게 깊어진다
뻣뻣한 몸뚱이 움츠리고
베개에 얼굴을 묻고 싶었다
외로운 가로등 온데간데없고
밤하늘에 별조차 볼 수 없구나
소리 없이 흐느끼네 강이 되도록
봄은 잊었는가 생각지 못하네

나부끼는 인생

바람 한 점 없는 언덕배기
바람이 불어온다
서서히 다가오더니 점점 거칠어진다
맥없이 날아가는 낙엽처럼
늘 그렇듯 바람에 어김없이 떠밀렸다

쓰러져라 쓰러져라
저만치 굴러가 버려라
저 잎에 꽉 저박혀라
주문을 외치며 불어대는 성난 바람은
어두운 폭풍으로 돌변했다

밀리고 밀려 내리막에 섰다
아니 벼랑 위에 섰다
다시 성난 파도처럼
집어삼킬 듯이 밀어댔다

돌부리를 잡아보아도
나뭇가지를 잡아보아도
내면의 잠재된 힘까지 끌어 모아도

애정 없는 바람을 이길 수 없었다

어두운 공포 속에 몰아넣고
몸서리치며 불안에 떨게 했다
앗 하는 찰나의 순간을 놓쳤다면
지옥에서 더 깊은 지옥행이었다
바람이 지나고 난 자리에
지울 수 없는 깊은 상처만이 남았을 뿐

염념念念의 삶

뜨거운 태양을 이니 목마르다
얼굴 타고 떨어진 땀방울
무엇이 그리 바쁜지 어디론가 사라져
미처 목도 축이지 못한 아스팔트
땀방울처럼 흔적 없이
한순간 지나가는 삶인 것을

새벽녘 대지大地 위에 내린 서리도
떠오르는 아침 햇살에 녹아내리고
이른 아침 잔디에 맺힌 이슬도
지나는 이들의 발길에 채 흐트러질진대
짧디 짧은데 무엇을 위하여 무정히 가는가

밤은 가는데

저만치 홀로선 외로운 가로등
두 눈을 뜨고 무정히 제 갈 길 가는 차들
날벌레만 모여들 뿐 말 건네는 이 없네

저만치 화려한 불빛 흐르고
찬 공기 가득한 도시 속 세계
무엇을 위해서
밤이 깊어도 잠들지 못하는가

어둠 속에 풀벌레 울고
드문드문 적막을 깨고 달려오는 기차
까만 종이 위에 별 하나 그리지 아니하고
이 밤이 새도록 애처롭게

개나리

삐뚤빼뚤 수많은 층계
난간 위로 손을 내민 노오란 개나리
두 눈에 들어오나
마음에 비집고 들어오지 못했다

나 좀 보아달라며 손 내밀었는데
계단이 두렵고 지각이 무서워
가는 길 재촉했다
이ㄴ 날 미리채 꺾여 나갔고
난간 위로 늘어진 손도 잃었다

한순간 잃음을 안 개나리
꽃도 못 피워보고 떠났다
이듬해 곱디곱게 피어
애절한 눈빛으로 보아 달라며
누군가를 기다렸다
낮은 곳을 바라보는 이를
보았으나 마음까지 담아내지 못했다

불안과 가쁜 숨 몰아쉬랴

그 무엇도 자리하지 못함이 아쉬워
이제라도 기억으로부터 꺼내어
눈에 담았던 것을
마음으로 품으며 느껴본다
너와 한때 추억이었음을

숙명

냉골방 한 편
가슴 저미도록 절규하며 울부짖을 때
당신은 나타나지 않으셨지요
때가 되지 않아서인 걸 모른 채
애타게 애타게
누군가를
바람 부는 벌판에서 기다렸지요

삼색 점박이 허연 벽을 바라보녀
어제도 오늘도 내일도
뼈를 에이는 겨울이 다 가도록
혼자였지요
그래도
당신을 향하여
원망하지 않았지요

길 한복판
성난 바람 만나 떠밀려 부르짖을 때
당신은 응답하지 않으셨지요
지나가는 낙엽 눈길 한번 주길

애처롭게 애처롭게
누군가를
기다리며 간절히 갈망했지요

견딤이라는 주어진 숙명을 지고
어제도 오늘도 내일도
전쟁터 속 끝없는 외로운 길 위에서
혼자였지요
그래도
당신의 사랑을
의심하지 않았지요

삼십 해 외로움은 끝나

부족하고
잘하는 것 하나 없는
거친 말투의 소유자인 나

못나고
듣지 못함의 답답함마저도 이해하고
봄 햇살처럼 따스히 다가온 당신

촌스립고
단점투성인 나를
있는 그대로 보아주는 당신

긴 세월
외로움의 가슴만 채워온 나에게
조건 없이 다가온 당신

조심스레
하나하나 고이고이
열여덟 해 쌓아 올린 사랑의 탑

제2부

홀로 가는 길

등 떠밀려 가는 등굣길
가녀린 어깨 멍에에 눌려
무거운 까치발 한 걸음 한 걸음
이른 아침 적막을 깨는 경적警笛소리
고단함의 시작을 알린다

아침 햇살이 대지大地를 비추고
싱그러운 아침 이슬이 또르르 반기니
일렁이는 마음 다잡고
가는 길 묵묵히 걸었다

타작 끝나 벌거숭이 논바닥
마른 볏짚 흩날리다
밤새 잠이 들어
하얀 새 이불 덮었네
지나온 길 뒤 돌아보니
내 흔적 금세 녹아지는구나

창가에서

등받이 이불 하나 펴고
구부러진 몸뚱이 뉘었다
낡아빠진 나무문 틈새로
파고드는 겨울바람은
멍든 작은 가슴을 후벼댔다

어찌 이리도 매정하게
춥도록 하는가
일어붙은 몸뚱이
피할 수 없는 현실
밤이 깊어 갈수록
외로움의 터널로

하루하루 피폐해져 가는 삶
시간이 흐를수록
어둠 속으로 더 깊게 깊게
누구에게 매달리랴
누구에게 하소연하랴
고독과 불안에 떨며
시린 가슴 달랠 길 없어라

방황하다 찾은 탈출구
제발 데려가세요
절규하며 애타게 빌었다
베갯잇 마를 날 없고
낡은 잠바 속으로 웅크린 채
창가 밑에 누워
억눌린 가슴으로 수없이 애원했다

매화산은 말이 없다

굽은 지팡이 찔러 딛고
뒷걸음으로 동산에 올랐네
산기슭 나를 닮은 구부정히 서 있는 할미꽃
고요히 누워 영원히 잠든 이는 뉘일까
잔디 틈새 뿌리내린 보랏빛 붓꽃 활짝 피어 웃고
무수히 난 무릇 한들거리네

세상 풍파風波 다 이길 듯이
오로지 하늘을 향해 꼿꼿이 미리던 어린 오동나무
상처받지 않으려 찔레나무 아카시아나무 가시 세웠네

동산에 서면 마주하는 매화산 능선
굽이굽이 푸르름이 완연하구나
구름 갓 쓴 날에도
산천초목山川草木은 변함없을진대
불러 봐도 대답 없는
메아리조차 돌아오지 않는
나의 마음을 아느냐
외롭고 서글픈 이 마음을

고향

푸르른 들녘 사이를 거닐고 달려
기와집 지나 길 가운데로 발 뻗은 파란 은행나무
홀로 선 미루나무 부평초 그득히 담아낸 파아란 논
뒷산 아카시아 바람에 눈처럼 흩날리네
방문 위 제비 터질 듯이 입 벌리고 지저귀는
꿈속에서도 잊지 못할 그리운 고향

너른 들판 사이 국도를 달리고 달려
기와집 지나 노란 카펫 깔아 놓고 반기는 은행나무
마당 가 집 지키는 누렁소와 하얀 이불 덮은 나뭇가리
털모자 쓴 장독대 항아리 처마 끝에 앙증맞은 고드름
부모님 손길이 닿아 따스한 온기를 품고 있는 화롯불
꿈속에서도 멀고 먼 아득한 고향

이별 앞에서

눈앞에 다가온 이별
먼동이 트고 온 대지를 밝힌다
서글픈 한숨 어디로 가나
초라한 보따리 하나 지팡이 하나
돌마루에 털썩 주저앉아 울고 싶었다
목 놓아 부르고 싶은 그 이름 엄마
엄마 옷자락을 잡고 매달리고 싶었다

가기 싫은 마음 꾹꾹 누르며
돌마루에서 지팡이 잡고
긴 숨 내뱉으며 가냘픈 몸뚱이 일으켰다
팔려가는 송아지마냥 슬픈 눈망울
영영 돌아오지 못할 것 같은 심정심사
한걸음 한걸음 가슴으로 뒤돌아보지만
멀어져만 가는 이별

늙은 아름드리 은행나무 지나 신작로에 섰네
어찌할 수 없음에 떨어지지 않는 까치발
지옥행 시내버스에 몸을 실었다
집으로 가자 집으로 가자

무수히 뇌리를 스쳐 갔다
작은 가슴에 메아리 울렸다
도피욕망逃避欲望 일렁이고 있었다
수많은 세월 동안 갈망하고 있었다

더디게 가는 시간

사각 공간 안에서 온종일
공기마저 미동 없는 듯
멈추어버린 시간처럼
아주 더디게 무디게 가고 있다

떨어져 나가지 않는
목구멍이 포도청이랴
이 내 몸뚱이 앉혀 놓기 위해
하루 세 번의 노역勞役 고된 시간
아무리 채워도 공허空虛만이 남을 뿐

뱃가죽이 허리에 붙지 않으려
낭떠러지로 떨어지지 않으려
수없이 저작咀嚼을 해야만 했다
살기 위해서가 아니라
하루라는 선물을 위해서
견디려면 그래야만 하기에

도랑

텃밭 길 따라가면
미루나무 한 그루 작은 도랑 하나
불안을 타고 날뛰는 심장
그 작은 도랑 하나 건너기 버거운데
먼 미래 수많은 큰 강들을 어찌 건너려느냐

까치발에 발이 하나 더 있건만
세 발로 가는 길도 어려웁구나
무너져 내리는 흙더미만큼이나
불안은 늘고
불어나는 물만큼이나
땅 꺼지는 한숨만이 나오는구나
구만리 인생 어찌 가려느냐

낮은 곳에서

들녘 밭고랑
길 가장자리
화단가 돌들 사이
신작로 잔디 사이
소리 없이 꽃피운 제비꽃
밟히고 뜯기며 꽃피운 질경이

뒷동산 기슭
떵바딕을 기이
노랗게 핀 돌나물꽃
저 언덕 위에
저 너른 들판에
작디작게 핀 들꽃이여

아무 욕심 없이
크고 작은 바람 없이
그저 제 할 일을 하는 꽃들이여
무릇꽃처럼 어우러져 피었다면
만인萬人의 사랑을 받았을 터인데

낮은 곳에서 밑바닥에서
어쩌다가 외로이 홀로 꽃피우니
내 마음 흔들리고 울리는구나
내 사랑 낮은 곳으로 보낸다

사는 이유

살아있음에
어린 시절 추억할 수 있고
가까이 있어 언제나 바라보며
기댈 수 있는 자연 산천초목
그리고 쉼인 돌마루

반겨주는 나비 청개구리
외양간 송아지
때 묻지 않은 영롱한 새벽이슬
늘 그 자리에 신작로 코스모스
그리고 작은 그리움들

어김없이 매일 떠오르는 태양
잠자리 수놓는 푸르른 하늘과 구름
외로움 달래줄 달과 별
희망이 넘실거리는 바다
그리고 어둠을 밝히는 등대

끝나지 않는 이 전쟁터 속에
한 줄기 꿈과 희망이 있고

세상에는 따뜻한 온기가 있고
동행 길에 오른 벗이 있다
희망을 노래하기에 살아진다

지게

팔이 둘
다리 둘
발이 서이

싸리 발채 무수한 옥수수
소 꼴 한 짐 나뭇단 한 짐
때로는 무거운 통나무
마다치 못하고 짊어지는 것이
멍에와도 같구나

지게 지고 가는 좁은 길
누구에게 한탄하랴
세월의 주름만이 느는구나

병고를 지고 가는 좁은 길
누구를 원망하랴
더딘 걸음 수만 느는구나

아빠도 세 발
나도 세 발

다른 길을 가고 있지만
굽은 어깨에 자기 몫의 짐을 지고 걷는다
지게처럼 벗어 놓지 못하는 한 생의 멍에

그래왔듯이

처음부터 침묵했다
몸이 아파도
어딘가를 잃어도
목석木石처럼 서 있었다

공포의 늪
벗어나길 갈망하며
얼굴 마주했으나
평안히 있는 줄 철석같이 믿는 당신
마음의 소리는 목으로 올라오지 않았다

시골 촌뜨기
어린 나이에 도시로 나가
기술 배우며 잘 지낸다고
내세울 것 없는 절름발이
못난 막내딸의 유일한 자랑거리
그 작은 희망마저 꺾고 싶지 않았다

음산하고 적막이 짙게 밴 늙은 은행나무
무슨 사연 듣고 살아왔기에

은행나무 밑을 지나니
어깨 위로 내려오는 스산함
왠지 모를 쓸쓸함만이 더해지누나
이별이 와도 끝내 말하지 아니하고
마음에 담은 채 묵묵히 가야 할 길을 간다
늘 그래왔듯이

그 누가

잿빛 진흙 켜켜이 발에 달고
무거이 가는 삶
때로는 소금쟁이가 부럽구나
구름은 부평초 마음을 알진대
백로는 내 마음을 알까

내일의 희망

질고의 찌든 고단을 안은 채
쇳덩이에 이 한 몸 의지하고 매달려
매초 매시간을 견디어 간다

피로로 물들여진 노을이 밀려들면
무사히 하루가 저물었음을
감사로 마무리를 짓는다

내일의 여명이 밝아옴을 믿기에
더는 좌절하지 않으며
절망하지 않으리라
희망 빛을 향해
나는 오늘도 길을 간다

천국

낮게 내려앉은 태양
달궈진 아스팔트 위에 선 지 오래
백사장 모래처럼 달아오르는 몸뚱이
한걸음 내디딜 때마다
거치른 날숨을 뜨겁게 내뱉는다

가도 가도 점점 멀어져만 가는 돌마루
혼미해지는 정신줄에
오로시 앞으로 산나는 목적을 부여삽고
목청껏 우는 매미 소리에
저만치 산 고개를 애써 바라보면
여름을 더욱 상기시키는구나

플라타너스 나무 아래
마당가에 부채질하며 파리 쫓는 소
반기는 소리 없네
불타오르는 몸뚱이
만사 제쳐두고 돌마루에 엉덩이를 걸친다

주름진 주황색 바가지에 담긴 우물물

시원한 물 한 모금에 천국을 넘나든다

급한 마음에 볼이 터질 듯 가득 머금고
도로 위에서의 고통도
하루의 시련도
사라지길 바라며 빠르게 삼켜버린다
그날의 일들이 다시는 돌아오지 못하도록
소화 시켜 없앨 수만 있다면

도로 위에 서서

도로 위
나뒹구는 마른 뱀 사체들
세상 구경 나왔다가
목이 타서 말라비틀어진 지렁이
납작이 펴진 채 한 자리씩 차지하네

숨소리만 들리는
고요한 외로운 이 길
식행버스 석막을 깨트리니
심장은 널뛰기하네
아무도 모른다
차를 등지고 갈 수밖에 없음을

왼발은 도로 위 하얀 선을 밟는다
죽음 앞에 서 있어도
두렵지 않다
어쩌면 오래가는 고통이 더 두려울지도

비 오는 날
엄마의 잔소리에도

가다가 잊은 듯 다시 선을 밟는다
그러면 또 꾸중 아닌 꾸중을 듣는다
아무도 모른다
도롯가로 나갈 수밖에 없음을

나는 그렇게 그렇게 아슬아슬 걷는다
어차피 불안이란 친구를 안고 가는 길
하나를 더한다고 무엇이 다르겠는가
삶은 위험 위에 살아질진대

버스 안에서

찔레 개나리 짙게 녹음綠陰진 울타리를 지나
각 맞춰 뻗은 논 사이를 가로질러 종점에 왔다
열려있는 버스 뒷문 첫 계단에
다리 한쪽 걸치고 손잡이를 잡는다
까치처럼 폴짝 뛰어오르면 좋으련만
날개 잃은 새처럼 뭉그적거린다

아무도 없는 차가운 버스 안
한적한 뒤편 의자에 자리 잡고
고달픈 몸뚱이 반쯤 기대어 앉는다
울창한 숲마냥 빽빽한 시내를 도니
북적거림 속에 흘러나오는 음악
들어본 듯한 익숙한 반주는
엔진음과 한데 어우러져
어두운 귓가를 스치고 지나간다

시내를 벗어나 옥죄던 불안을 내려놓고
이토록 살아간다는 것이 무엇이길래
지난 며칠 쌓여진 시름 파도치듯 밀려 들으니
어렴풋이 들리는 노랫가락 소리 구슬프구나

귀에 익은 곡조 한가락에 답답한 이내 심경 담아

목까지 끌어내어 저 멀리 흘려보낸다

어느 날 갑자기

어느 날 갑자기 연락을 받았다
아빠가 아빠가
돌아올 수 없는 곳으로 떠나셨다고
망치로 얻어맞은 듯 멍했다

실감이 안 났다
몇 초가 흘렀을까
눈물은 어느샌가
골짜기를 타고 입술로 내려왔다

왠지 모를 슬픔의 그림자
점점 짙게 파고들고
눈물샘을 막았지만 자꾸만 넘어 흘렸다
점심시간 혼자 있고 싶은 마음 모른 채
날카로운 시선과 따가운 구박
슬퍼할 자유조차 빼앗아 갔다

억누르려 애를 써 봐도
뺨을 타고 주르륵 내려와
재빨리 낚아채듯 닦고 감추었다

자꾸만 눈앞을 가로막고
아른거려 보이지 않는다

한겨울

장독대 항아리 소복이 쌓인 눈
차디찬 돌마루 피하려다
문고리 잡은 고사리손 달라붙었네

눈바람 맞으며 돌아와
얼은 손 화롯불에 올리니
뼈마디가 갈라질 듯하네

하루해가 서물어 굴뚝 열기 가시고
잠자리 드니 울퉁불퉁 방구들
다리를 세운 채 잠을 청하네

제3부

창가에서

어느 날 창가에 서서
저 푸르른 들녘
햇살을 받는 저 벼들을
허리를 굽혀 문밖으로 머리를 내밀고
곧게 쭉 뻗은 잿빛 길을 따라 가본다
외로운 영혼 달랠 길이 없어
가슴으로 노래를 읊조려본다

어느 날 창가에 서서
후드득 떨어지던 비
금세 굵어져 더위를 꺾을까
깊숙이 젖어 드는 대지를 하염없이 보자니
서글픈 내 마음 어이할 수 없어
비의 노래를 나지막이 불러본다
비도 울고 내 가슴도 울고 노래도 운다

포근한 위로

서러운 마음 가득 안고
소녀는 버스에 몸을 실었다
창밖으로 시선을 돌리고
흔들리는 색바랜 의자에 지친 육신을 맡긴다

이름 모를 산들의 푸르름이 물처럼 흐르니
처량하기 그지없구나
산아 산아 너는 아느냐
절벽 위에 자리한 소나무아 니만은 일겠지

하루하루 물살에 부스러지는 조약돌
처량하게 구슬프구나
강아 강아 너는 아느냐
수없이 굴러 강가로 떠밀려온 너만은 알겠지

유리창으로 따라오는 태양 포근하구나
산 그늘진 고개로 들어가면
숨을까 더 둥글게 따라오는 너
오랜만에 느껴보는구나

닫지 못해 불어오는 바람에 눈물을 씻고
들킬까 누가 볼까 애써 괜찮은 척
놓칠세라 쫓아오며 길게 길게 땅끝까지 손을 뻗어
내 마음 따스히 품어주어 태양아 고마웁구나

비가 하얗게 내린다

오전 수업 중 창밖을 곁눈질로 보았다
저만치 능선을 따라 안개가 내려앉고 있다
다시 보니 운동장 나무들 위에도 내려앉는다
가마솥 안개에 갇힌 듯 온통 하얗게 덮어버렸다

교실에 전등이 켜지고
점점 굵어져 하얗게 쏟아지는 비
마음이 눈길이 창밖으로 이끌린다
집에 갈 때는 그칠까
엄마가 우산을 가지고 마중 오실까
저 빗속을 뚫고 가려니
공부가 귓가에서 흘러가 버린다

수업 종이 울려 가방을 들쳐 메고
딱 딱 딱 복도를 나섰다
건물 외벽 짤막한 처마 밑에 서서
냅다 뛰어가는 아이들이 드물어지고
무심히 내리는 비 바라보다 신발을 신었다

잦아드는 빗줄기에

나뭇가지를 부채모양으로 엮어
애써 머리 위에 올려본다
억수같이 들이붓는 비
소용없는 몸부림이다

모든 것을 내려놓고
있는 그대로 마주한 채
네 마음껏 만져보란 듯 빗속을 걷는다

신작로에서

강가 버들피리 깎고
뒷산 잔대 캐고
집 앞 논에서 썰매를 태워주던
나무하러 눈 쌓인 산을 오르던
한 조각 조각 추억

저만치 아카시아나무 위
까치 소리에 설렘은 더해지네
기나리는 마음 늘어나
손발이 얼어도 아랑곳하지 아니하고
지침을 뒤로한 채 신작로로 향하네

달리는 차 바람에 두 빰을 내어주고
눈이 부셔 실눈 뜨고 응시한 채
산 고개를 하염없이 바라보며
그날을 그리고 시린 입술 떨구고
움츠린 채 기다림은 계속 되네

하얀 버스가 오는지
바라만 보다가 목이 굳었네

몇 번이고 신작로로 내려갔지만
소식 한 자 알 길이 없네
언제 올까 그리움의 한 조각 주인공

청춘

마디마디 울긋불긋 봉오리
봄 햇살 맞아 돋아나
바람 따라 춤추던 나뭇잎도
섶을 따라 담장 위로
손을 뻗어 지붕을 오르며
여름비에 춤추던 호박잎도
짧아져 가는 태양 아래 퇴색되네

뒷동산 무릇꽃 붓꽃
완연함은 온데간데없이 사라진 지 오래
무덤가 참나무잎 우수수 날리고
산기슭 오동나무 한잎 두잎
무겁게 떨어져 움츠러드네

꽃도 피워보지 못하고
청춘은 어디 갔는가
청춘이 있었다 한들
말라비틀어지면 그만인 것을
이제 와 꽃 피우면 어떠하랴

베이지 않았는데
뿌리 뽑히지 않았는데
꽃 피우면 어떠하리
늦은들 어떠하리
희망은 없지 않은데
굽은 할미꽃도 양지 위에 피는 것을

한 줄기 빛이 드는 감옥

당신은 침대에 누운 채
육신의 감옥에 갇혀 있나요
그래도 슬퍼 말아요
나는 뼈의 감옥에 갇혀 있어요
지그시 눈을 감고 귀를 세워 보세요
저만치 나뭇가지 위에서
지저귀는 새소리에 마음을 열어 보아요
혹여 당신은 마음마저 가두고 살지는 않겠지요

당신은 마음의 문을 꾹 잠근 채
자신을 창살 없는 감옥에
가두고 있지는 않나요
그래도 울지 말아요
나는 운명의 감옥에 갇혀 살아요
창으로 살포시 드리우는 한 줄기 햇살에
엄마 품처럼 포근함을 느껴 보아요
혹여 당신은 차가운 얼음산은 아니겠지요

갇혀 사는 삶 안에서
마음의 문을 열고 상상해 보아요

빽빽한 잔디 사이 비집고 들어가
뿌리 내리고 꽃피운 양지 위의 할미꽃을
태풍이 분 날 발목이 꺾어져 시멘트 바닥에 누운 채
연보라 꽃을 피우고 씨앗을 맺은 도라지를
우리 어디로 가든 어느 자리에 존재하든
햇살은 온 누리를 비추고 빛은 우리 안에 있어요

시내버스

이른 아침부터 온종일 달린 나
안팎으로 불이 켜지고
도로 위 어둠이 짙게 드리우면
종점으로 퇴근합니다

지붕이 없는 날은
종일 내리던 비를 맞으며
처량히 잠자리에 듭니다
그래도 괜찮습니다
동료들이 있으니까요

날이 밝아서야 온기가 돌고
희뿌옇게 짙은 안개를 얼굴로 뚫으며
오늘도 어김없이 어제와 같은 길을 달립니다
그리고는 꿈을 꾸는 꿈나무를 만납니다

가슴 저미도록 깊은 슬픔을 가득 품은 소녀
고단함이 깊게 밴 몸을 두 어깨 멘 가장
빛바랜 의자에 기대앉아 창밖을 바라보며
삶의 무게를 덜 수 있기를

작은 위로가 될 수 있기를

소망하며 오늘도 묵묵히 달립니다

3월의 눈

새벽 내 내리던 비는 눈으로 바뀌었다
주방 작은 창을 바라보니
말로만 듣던 눈이 떨어지고 있었다
부서진 싸라기처럼 무겁게 내려앉는다
비탈진 젖은 땅 가을이 남기고 간
말라비틀어진 풀때기들 위에
모시 이불을 덮은 듯 쌓이고 있었다

지나는 찰나의 순간
1초 컷을 눈에 담는다
기억 저편 아득히 먼 곳에서
끄집어내어 추억을 반추하듯
그때를 회상해 본다
비록 짧지만 한 장의 기억 사진은
오래도록 여운을 남긴다

가을비에 질퍽한 마당
깊은 발자국을 남긴다
흙이 굳기도 전에 겨울이 다가와
판화를 판 듯 그대로 얼어 버렸다

솟아오른 발자국에 넉가래가 걸린다
싸리 빗자루 가락 두어 개 부러진다
그렇게 겨울은 무거이 간다

눈이야 하는 소리에
자다가도 벌떡 일어났던 그 날이
함박눈이 펑펑 내리던 어느 날
뚫어져라 창밖을 바라보던 그 날이
눈만 보아도 미소가 절로 지어지던 날들
엊그제 일처럼 생생히 그려지고
3월의 눈도 첫눈만큼이나 설레는구나

겨울밤

화롯불 사그라지고 모두가 잠든 밤
고요한 어둠 속 적막을 깨우는 이
무너져 내릴 듯한 합판 위로
냅다 뛰어 발톱 끌리는 소리
고단한 수렁에 빠진 단잠을 깨운다

눈만 쏘옥 빼앗긴 채 떨어지는 옥수수들
쨍그랑쨍그랑 요란스레 낙하落下하네
와 빨랫비누가 맛있다
아니야 노오란 세숫비누가 더 맛있어
온몸에 힘을 주고 뿌드득뿌드득
갉아 대느라 동 뜨는 줄 모르네

가을에 썰어 쌓아둔 소여물 사이
벌거숭이 새빨간 쥐새끼 댓 마리
서로를 베고 세상사 모른 채
근심걱정 없이 새큰새큰 잠자고 있네

이사를 어디로 가는지
꼬리에 새끼를 주렁주렁 매달고

순간 어느 구석탱이로 사라져 버리네
긴긴 겨울밤의 주인공 쥐
제집인 양 온 집안을 들쑤시고 돌아다니네

병마

평생이 흐르는 동안
너라는 존재를
내게
아무도 묻지 않았다

겨울눈만큼이나 새하얀
옷을 입은 의사가 물었다
언제 왔느냐고
어떻게 어디를 통해 오느냐고

먼 우주에서
이 지구에 떨어져
난생처음 들어본 말에
놀라웠다

이민 온 나그네처럼
땅속에 사는 땅강아지처럼
어둠의 장막 안에 가둬 두었던
말들이 연기처럼 허공으로 사라지고

피가 범람해
가슴은 마구 날뛰었다
이런 날이 이런 날이
오리라곤

물처럼

잿빛으로 반듯이 뻗은 물길 따라
저벅저벅 쓸쓸히 길을 걷는다
등 뒤 가방 덜렁덜렁
인생도 덜렁덜렁
느리게 가면 어떠하랴

한 길 위 자리한 돌멩이
하나둘 퐁당 떨어져 굽이치는구나
너의 길도 굽이굽이
인생도 굽이굽이
돌아가면 어떠하랴

누군가 무심코 던진 돌멩이
넘어지고 멍들고 아파지누나
맑고 투명한 물 위로
햇살이 아롱져 비칠 때
이 가슴에 닿는다

비

쏴아 쏟아지는 빗줄기
울어주니 이 가슴 뚫리는구나
나뭇잎 풀잎 온 대지를 촉촉이
축복은 투명한 소리 내며 내리네

젖은 옷자락
몸뚱이에 들러붙어 불편하지만
지나가는 소나기
머리 위 더위를 식히고 위로를 건넨다

비에 젖어 물에 빠진 생쥐 꼴에
머리 하나 마음처럼 감을 수 없지만
단비는 메마른 갈증을 축여주네

하염없이 내리는 비
그칠 줄 몰라 야속하고
지겨울 수 있으나
비는 하시何時 그리움으로 남는다

보따리

글을 쓰려 기억 저편에 묻어둔
보따리를 풀었다
하나둘씩 서너 개씩 쏟아져 나와
미처 휘갈겨 쓰여지지 아니해서
여기저기 널브러지고 흐트러진 조각들
길가에 도로가에 펴 널은 나락처럼
주워 담을 수 없네

아픈 가시가 가슴을 찌르며 돌아오고
그때 흘리지 못했던 눈물이 흐르길
녹음된 테이프 마냥 반복한다

행복이 가슴을 벅차게 하고
가끔은 고향을 그리워하고
추억이 동심으로 이끌고 간다

다시 보따리를 싸고 있으나
쉬이 들어가지 않네
틈새에서 아직도 가끔은
불쑥불쑥 머리를 내미는 것들이

가슴을 찌른다
그리도 돌아가기 싫다면
가고 싶을 때 가라고
흐르는 대로 두련다

다 가졌는데

다 가지고 왔으나
다 가지고 다니질 못하네
다리 하나 잃어도 끌고 다녔는데
남은 하나를 잃으니 가지고 다니질 못하겠네

자연 품에 안기고픈데
손으로 느끼고픈데
익어가는 앵두를
싹 틔워 오르는 새순을
지척에 두고도 바라볼 수밖에 없네
다리 하나 잃었을 뿐인데
손이 닿지 못하네

다 가지고 왔으나
다 가지고 다니질 못하네
두 다리를 잃어도 끌고 다닐 줄 알았는데
다 잃어서 가지고 다니질 못하네

배려

발 디딜 틈도 없는 자리
무릇꽃이 다리를 뻗었네
붓꽃도 굵은 뿌리를 내리고
돌나물도 가는 다리를 내밀며
살고 싶다 하네
키 큰 개망초도 잡초에게도
자리를 내어주는 잔디

버스에 오르자마자 가방을 날려
두 자리를 얻어내네
열심히 바쁜 척 작은 화면 속으로
어떤 이 무념무상 자는 척
하늘을 뚫을세라 굽은 등 할머니
구부렁한 지팡이 짚고 휘청거리네
한낱 미물인 잔디도 마다치 않고
할미꽃과 함께 살지 않는가

여름 바람

쉼 없이 몰아치는 바람
이파리들은 사정없이 흔들흔들
뽕나무 허리가 이리저리 휘청휘청
한 움큼 흙을 힘껏 움켜쥔 발을 믿고
바람에게 몸을 내어줍니다

매일매일 부는 바람
때로는 잔잔히
때로는 살랑살랑 불어오지만
언제 강하게 불어오는지 알 길이 없어
하루 매시간 불안불안 합니다

바람이 멈추고 비를 맞으며
더위가 잠시 물러가 생각에 잠겨
침묵의 깊은 밤 생각에 잠겨
지난날을 떠올립니다
그때보다 지금이 행복하다는 것을
뽕나무는 깨닫습니다

그때나 현재나

꺾어지지 않으려 그렇게나 흔들렸나 봅니다
바람과 어우러지지 않고 꼿꼿이 버티면 꺾어지듯
그래서 그렇게나 흔들리는 인생을 살아왔나 봅니다

그림자

가는 곳마다 나타나는 그림자
뜨거운 태양 아래 함께 걸었지
어느 날은 널 밟고 걷고
어느 날은 네 큰 키를
자랑하며 나란히 걸었지
굽은 지팡이 하나씩 짚고서

궂은 날이 싫은 너
억수같이 쏟아지는 비가 올 때면
내 안에 숨어서 나오지 않았었지
눈이 펑펑 오는 날에도
얼굴 보이지 않았었지

내 작은 몸짓
느리게 움직이는 동작 하나에
살포시 나오다가 들어가곤 했겠지
그럼에도 불구하고 나는
오래도록 무관심했다
삼십 년 시간이 흐르는 내내
까맣게 잊고 살았구나

얼마나 긴 시간 보아주길 바랐을까

내가 서지 못해
너도 거닐어 보지 못했구나
바깥의 햇살도
푸르른 자연도 볼 수 없었겠지
내 안에서 빼꼼 나오다가도
금세 들어갈 수밖에 없음을
이제야 알았구나
너의 존재를 이제야 깨달았구나
나 살기 바빠
널 찾아주지 않아 외로웠겠구나

쉰

이제 모레면 쉰이다
살 만큼 살아봤고 희로애락
모진 풍파 다 맛보았다
세상사 미련이 있을까마는
정이라면 고운 정 미운 정 다 있다

황혼이 짙어가는 이 삶
부귀영화, 욕심을 가진들 무엇하랴
구름 위에 떠다니는 춘몽일진대
소박한 미련 따위 바람에 날려 보내면 그만이고
벗과 함께 나지막이 담소 화락 고이고이 나누다 가련다

제4부

살아지더라

부모 잃은 아픔이 아물지도 않았는데
비바람 끊이질 않아
차가운 세상 한복판에
홀로 떨어진 소녀少女
천추千秋의 한을 떠안고
쓰디쓴 시간을 곱씹으며 살아지네

젖먹이 업고 아이 손 잡고
돌다리 건너다 내려다보니
소용돌이치며 매섭게 흐르는 강물
몸을 던져 내고 싶은 어둠의 심연으로
옷자락 움켜쥔 아이의 말 한마디
절망의 늪에서 헤어나와 집으로 집으로

무거운 마음만큼이나 무거운 발걸음
높은 하늘은 알까
깊은 강물은 알까
차마 아이를 떼어 놓을 수 없음에
통곡 소리 가슴으로 삼켜가며
모질게 견디어 내니 살아지더라

당신의 절박한 목소리

한길에서 시작돼 2차선이 들어서고
어느새 빼곡히 파스 도배를 합니다
그것도 부족한 당신은
덧붙여도 소용없음을 모른 채
자꾸만 더 붙이라고 내게 오셨죠

안 돼 말할 때마다
절실함을 누구보다 잘 알기에
내 가슴에 죄책감 꽃이 핍니다
아파하는 당신의 모습에
마음이 아려오고 저며 옵니다

아무것도 할 수 없는 앉은뱅이
나 자신이 먼저 보입니다
나뭇가지처럼 뻣뻣이 굳어 버린 육신
하루 열두 번도 더 한없이 작아집니다
날이면 날마다 매일 애간장을 태웁니다

당신의 고통이 늘 때마다
너무 많은 고통을 알기에

내 가슴에 얼음꽃이 핍니다
붙여 붙여 당신의 절박한 목소리
아직도 생생히 귓전에 맴돕니다

채워지지 않는 빈자리

떠나실 때 함께 가자던 당신
말문이 막혀 이별 인사 한마디 나누지 못했네
온종일 고통 속에 얽매여 몸부림 서린 얼굴
잔잔한 호수처럼 평온이 스며오네

윗목에서 새우잠을 자던 그 자리
좁게만 느꼈던 그 자리를 바라보니
아랫목에 두 다리 펴고 자 본 적 없는
당신 생각에 찬비가 내리네

일생을 할미꽃처럼 살아온 당신
나비가 되어 자유로이 날다 하늘로 가소서
호강은 고사하고 고난스러운 생을 살아온 당신
새가 되어 세상 구경하다 하늘로 떠나소서

내 가슴에 커다란 구멍을 뚫려놓고
텅 빈 자리에 진한 흔적을 남겨 놓고
땅이 얼어붙은 겨울에 떠난 당신
빈자리에 공허한 찬바람만 부네

어미를 그리다

한 고개 또 한 고개
먼동이 트기 전 어둠 속 적막함
범 무서운 줄 모르고
허리띠 졸라매고 굽이굽이 재를 넘는다

땅거미 내려앉으니
기다리는 아이 눈에 밟혀
근심걱정 한아름 안고
무거운 걸음걸음 재를 넘는다

수돗가 서서 고단에 찌든 먼지
부리나케 탁탁 쳐 털어낸다
온종일 땀에 찌든 호프 냄새
풀풀 나르니 이마가 찡그려진다

시린 마음

아궁이 속 뻘겋게 불타는 소리
추위도 녹지 아니하는데
언 가슴 어이 달래랴

꾹꾹 눌러 담은 당신의 한숨은
구들을 타고 잿빛 연기와 뿜어져
켜켜이 쌓인 장작 사이로 피어올라
하늘하늘 허공으로 흩날리네

근심걱정으로 수없이 타는 마음
구들 구멍마냥 시커먼데
그 누가 알까마는
가슴에 시린 한을 활활 태우고 싶음을

고사리손으로 밀어도 쓰러질
아슬히 버티는 수숫대 벽처럼
여리고 가냘픈 어미 마음
어느 누가 알리오

매캐한 잿빛 연기

천장과 장작가리에 어둠을 남기고
하늘로 사라지는구나
시린 마음 하늘까지 닿을까
인생사 고뇌 속에 빨갛게 제 몸 태우는
나뭇가지 바라보노라면 허무하도다

먼 과거 이제 와 헤아린들 무엇하리오
세월의 흐름에 기억은 흐려질진대
애 끓인들 무슨 소용 있으랴
눈물밖에 남아 있지 않은 것을
너무 멀리 가버린 이별인 것을

시골살이

새벽이슬 맞으며
다락골 고개고개 넘어
해는 산허리 넘어가는데
초조함 가득 안고 옥수수밭 일구시네

새벽녘 쪼여 맨 두건 아래로
쉼 없이 흘러내리는 땀방울
얼룩진 잿빛 옷자락 너풀거리고
굶주린 거머리 달려드네
고된 노동의 한 막걸리 한잔에 잊은 듯
땅거미 등에 업고 논바닥을 고르네

물에 젖은 빨랫감 한 대야이고
새끼 끈 지그시 눌러 다문 입
해진 똬리 위 세월의 묵은 짐
고스란히 지고 길을 걸었네

여자의 일생

돌부리에 걸려 수로에 다리가 처박혔다
밭둑에 철퍼덕 떨어진 옥수수자루를 보니
근심만 느는구나
어이할 수 없음에 아픈 다리 일으켜 세우고
옥수수자루 머리에 이었다
서글픈 가슴 부여잡고 절뚝절뚝 집으로 향한다

땀과 흙으로 범벅이 된 옷가지들
한 서린 방망이질하다 곪아 아픈 손가락 보니
근심걱정만 느는구나
고심 끝에 아픔을 견디며 양잿물에 손을 담갔다
독하디 독한 심정으로 독하디 독한 양잿물
벌레 한 마리 살이 타는 듯해 못 살겠다고 기어 나온다

매캐한 연기 마시며 저녁밥을 짓고
고단한 하루가 저묾에 궁둥이를 붙이고 보니
호롱불 아래 흔들리는 그림자
시름만 느는구나
어이 할 수 없는 고통과 굽은 삶
눈물 마를 날이 없구나

백 년 만의 웃음꽃 피우다

인생의 벗이라곤 뭉뚝해진 호미뿐이오
산천초목은 스치는 인연이어라
은비녀가 반 토막이 되도록
한평생 땅만 파느라 허리 한번 펴지 못한 채
무거운 돌덩이 지고
어느새 백발이 다가와 버렸네

긴 세월이 흐르고 나서야
깊은 병이 들고 나서야
땅과 서너 뼘 남짓 가까워지고 나서야
호미를 놓았네
일의 족쇄에서
서서히 벗어났네
가난이란 굴레를
서서히 내려놓았네

이제야 틈이 생겨
여유가 뚫고 들어왔구나

억만큼을 주어도 볼 수 없는 엄마 미소

우리의 반복된 장난기에 엄마 얼굴에 꽃이 피었다
억지 미소가 아닌 내면에서 나오는 순수한 웃음이었다

어미의 눈물

아침에 플라타너스 나무 옆에 소고삐를 맸다
예정일도 아닌데 새끼를 낳았다
땅에 떨어지자 썰매를 타듯
비탈을 타고 마당 가로 미끄러져 내렸다

숨통 트여주려 다가가니
제 새끼 어찌할까 어미 소가 빙빙 돈다
고삐를 풀어주려 다가가니 성난 어미 소
뿔로 들이받아 코 골짜기에 피가 철철 흐른다

젖은 송아지가 바둥바둥하다가 서서 걷는다
어미 소 곁으로 가라고 옥수숫대로 떠밀자 음맹거린다
아빠가 와서 고삐를 풀어 새끼 곁에 맸다
어미 소가 젖은 새끼를 말려주고 젖을 물린다

학교 갈 적에 졸졸 따라나서다
남의 배추밭에 들어가 얼씨구나
껑충껑충 이리 뛰고 저리 뛴다
제 어미 타는 속은 모르고 천방지축 노닌다

소 장수가 송아지를 데리고 가자
어미 소는 끼니를 거르고 두 눈에 눈물이 흐른다
새끼 잃은 어미 마음은 같구나
잃은 자식 생각나 엄마도 눈물을 훔친다

겨울길목에서

숨 가쁘게 오르막길 올라
겨울옷 갈아입은 나뭇가지에
움츠러든 잎새마냥
겨울바람에 파르르 떠는
당신의 새파란 입술
코끝을 찡하게 울리고
당신의 눈을 본 순간
언덕 위에서 불어오는 바람
차디차고 가슴이 아려옵니다

저만치 서서 당신을 보고
잠시 품었던 상상 속 바람은
고된 당신의 모습을 본 순간
바람 따라 온데간데없이 사라져
언저리에 쓸쓸함만 남기고
당신의 운명을 생각하면
내가 그러면 안 되었는데
사람이라 어쩔 수 없는 마음이었다고

당신의 고달픈 운명을 그리니

나의 삶과도 닮아 있어
눈물이 아른거립니다
왜 당신은
왜 나는
말없이 견뎌야만 하는지
이 가슴에 슬픔만이 가득하고
무정한 바람에 목소리까지 떠는 당신을
안아주고 싶었습니다

그리움에 물들다

오늘도 문득 생각나는 그 사람
이른 새벽 눈을 뜨면
제일 먼저 생각나는 그 사람
매일매일 그리움에 물들어
눈처럼 소복이 쌓였네

무엇을 하다가도 문득
맛있는 음식을 먹다가도
푸른 하늘 구름을 보아도
노란 민들레 개나리 피워도
단풍놀이하는 사람을 보아도

이슬비 내리는 봄날에
나란히 우산을
흰 눈 내리는 겨울날에
함께 거닐고 싶은
내 사랑 나의 영원한 사랑아
보고 싶은 그리움에
오늘도 물들이네

가는 길 위에 손잡고 걸으며
우리의 발자국을 새길 수 있다면
얼마나 좋을까마는
그리움도 행복으로의 문
꿈길로 꿈으로

너를 만나

한 길 위에 서 있네
누군가를 기다리며
외로움 속에 묻혀
수 없는 구름과 바람이 스치고
긴긴 세월은 무정히 가네

깊은 산 집 한 채
나지막이 호롱불 밝히고
내 안의 문을 열어두고서
누군가를 기다리네

열쇠 없는 감옥에 갇혀
만날 길이 없어라
새들에게 마음을 전하고
기다림은 끝이 없어라

그리움, 기다림
삼십 해 강이 흐른 끝에
너를 만나
외로움 반이 그림자 되었다

운명처럼

서로 다른 곳에 태어나
얼굴도 모른 채 그리워했다

가슴 설레이던 첫 만남
오래 알아 왔던 인연처럼
나를 닮은 듯 통했다
꼬임 없이 조심스레 엮여 갔다

같은 하늘 아래
같은 땅 위에
같은 마음을 지닌 그 사람
나를 보는 듯하다

봄 햇살처럼 내게 다가와
봄꽃처럼 내게 다가와
시린 가슴을 녹이고
따스히 손을 내밀었다

돌고 돌아도 언젠가는 만나자는 강물처럼
돌고 돌아도 언젠가는 만나지는 바람처럼
우리 만남은 먼 과거로부터 정해진 운명이었음을

애틋한 인연

운명처럼 만난 우리
이메일로 시작되었지
산이 막아도
강이 막아도
못 갈 곳 없는 메신저

그리움에 파묻힌 채
목소리 한번 들을 수 없었지
전화가 생기고 보청기가 생겨
긴장 속에 설렘 가득 첫 통화
손꼽아 보니 만난 지 열여덟 해건만
만난 길이 없어라

첫 만남의 설렘을 뒤로한 채
살포시 너의 손을 맞잡고
견디어주어서 고생했다고
토닥토닥 어깨를 쓸어주고
함께 걸어주어서 고맙다고
진한 포옹으로 답하고 싶다
뒷동산에 올라 나란히 앉아서

고요히 별을 보고 싶구나

멀고도 가까운 이백이십 리
새라면 날아서 가련만
만날 수만 있다면 천일이 걸리더라도
작은 나비 되어 이슬을 먹으며 날아가리
날마다 그리움으로 시작해 노랗게 물들이지만
행복한 그리움이었다고

별을 그리며

나는 등불 그대는 별
저 하늘 칠흑 같은 어둠 속에서
홀로 반짝이는 별
때론 먹구름이 가려 아무것도 보이지 않아
외로워질 때도 있지

나는
어둠이 깔린 인적 없는 산속
짧은 심지 부여잡고 흔들리는 등불
때론 찬바람이 일어 가녀린 몸이 흩어지며
꺼질 듯하네

그대에게는
내가 너무 깊은 곳에 있고
나에게는
그대가 너무 높은 곳에 있어
손 한번 잡아보고 싶어도
멀리 있기에 닿을 수 없고
하고 싶은 말이 있어도
너무 멀기에 들리지 않네

시커먼 먹구름이 가린다 해도
산바람이 분다 해도
저 하늘에 늘 그 자리에 있다는 걸 알기에
그 어떤 시련도 어둠도 두렵지 않네

둘도 없는

가시가 박혀
다문 꽃잎처럼 웅크린 당신
온기 잃은 침대에 누워
얼마나 가슴을 적시었을까요
살포시 안아줄 수는 없지만
함께 아파하겠습니다

가파른 산 위에서
홀로 견디는 시간
얼마나 그리워했을까요
곁에서 지켜볼 수는 없지만
가는 길 위에 함께 걷겠습니다

서투른 말솜씨로
무어라 위로해야 할지 모르지만
이 작은 가슴으로
온 마음으로
당신을 사랑합니다
견디어주어서
내게 와주어서 고맙습니다

인터뷰

극한의 삶에서 피어난 꽃

○시집 제목처럼 그야말로 낮은 곳에서 부르는 희망가 같은 시가 눈에 띈다. 시인이 생각하는 낮은 곳은 어디인가?

벌거숭이로 태어나 옷 한 벌 지어 입을 수 없었던 가난. 가진 것이라곤 몸뚱어리뿐인데 성장하면서 그마저도 하나둘 잃어야 했다. 육체적 자유를 빼앗기고, 순수한 영혼을 짓밟히고, 정신적 지배 아래 살았던 때가 있었다. 바람 불어도 소리 내지 못하는 바위처럼 침묵하며 숨죽여야 했고, 눈물 흘리는 자유마저도 빼앗겼었다.

나는 낮은 곳에서 소리 없이 치열하게 살았다. 가진 것도 없고 보잘것없는 사람. 자존심이라곤 모래 한 알만치도 지켜낼 수 없었던 삶. 모든 자유를 잃은 삶. 그러한 낮은 삶이 있는 곳이 낮은 곳이 아닐까 한다. 낮은 곳은 제비꽃 할미꽃 질경이 돌나물꽃들이 피는 자리. 내 누운 자리이기도 하다.

○시를 보면 그 낮은 곳에서도 밝은 희망이 엿보인다. 삶은 긍정적인가 비관적인가.

불행이 연속되는 삶 안에서 벼랑 위에도 서 보고 지옥을 맛보았으며 생사기로에도 서 보았다. 나약하고 여린 사람이라 시련을 마주할 때는 좌절과 절망의 구렁텅이에 빠져들 수밖에 없었다. 아무도 알 수 없는 지병을 지니어 아무도 믿어주는 이 없었고, 나의 장애를 조금도 이해하거나 믿는 사람이 없었다. 꾀를 부리고 일부러 하지 않는 줄 오해하거나 따가운 시선으로 바라봤다.

FOP(fibrodysplasia ossificans progressiva, 진행성골화섬유형성이상: 전신의 근육, 힘줄, 인대 등이 서서히 뼈로 변하여 최종적으로는 호흡곤란에 빠지는 난치병)와 홀로 싸워가며 고독하게 살아왔다. 가난과 아무것도 가진 것 없이 FOP와 고통만이 주어진 견딤의 삶을 살고 있기에 때때로 흔들리기도 하며 넘어지고 일어나기를 수없이 했다.

그리고 온라인이란 세상 밖으로 한 발 내디뎠고, 나와 같은 아픔을 겪는 이를 찾기 위해 한 발 더 앞으로 갔다. 그런 덕에 삼십 년 긴 어두운 터널을 지나 벗이라는 큰 선물을 받았고 관심과 사랑도 받았다.

또한, 평생 못 피울 줄 알았던 꽃을 피웠다. 꽃은 피어 있어도 피었다고 말할 수 없다.

누군가가 보아줄 때 비로소 핀 것이라 할 수 있다. 가지 꽃이 활짝 피어 미소를 머금고 있어도 누군가 보고 '꽃이 피었네'라고 인정해주거나 말해주어야만 가지는 자신이

꽃 핀 것을 느낄 수 있다.

소녀일 적에 팔 년이란 긴 세월. 빛도 길도 희망도 보이지
않는 지옥과 같은 삶을 사는 동안에도 비관하지 않았다.
나는 그 삶을 서서히 끌어안고 중증 장애를 지녔음에도
만족해했다. 식사와 화장실을 스스로 해결할 수 있다는 것
만으로도 다행으로 여기며 감사했었다. 그리곤 악화하지
않기만을 바랐었다.

지금 돌이켜보면 내 인생에 한 번도 비관한 적이 없었다.
다만 벗어나고 싶었을 때는 있었다. 누구에게 원망을 품은
적도 없었고, 나에게 상처를 입힌 사람도 용서했다. 내가
몹쓸 병에 걸려서 그렇게 된 것이라고 나 자신을 먼저 탓했
었다. 그래서인지 용서가 그렇게 어렵지는 않았다.

비록 불행한 삶을 살아왔지만, 긍정적으로 저울은 기운
다. 많지 않지만, 그 안에는 소중한 추억과 귀한 참 행복도
있으며 희망이 자리하고 있으니까… 예나 지금이나 큰 욕
심은 없다.

건강이 더 나빠지지 않고 벗과 함께 오래 하길 바랄 뿐
이다.

다만 내 능력이 부족하여 많은 이들에게 사랑을 나누어
줄 수 없는 것이 마음 아프다.

○자연이나 풍경이나 심지어 고향에 대한 시도 있다. 그런 것에 대한 지속적인 관심은 무엇 때문인가?

어린 시절 혼자였던 내게 자연은 항상 곁에 있었다. 자연으로부터 위로를 받았고, 때로는 친구가 되기도 했다. 스스로 활동이 가능했던 때였고 십사 년이란 짧고도 긴 시간을 고향에서 살았다. 고향을 떠나 타향에 살게 되고, 부모님이 이사한 후로는 가지 못했다. 고향이 그리웠지만 매인 몸이라 마음대로 할 수 없었다.

세월이 흘러 기회가 와서 방문했으나 방해꾼도 있고, 시간에 쫓겨 제대로 느끼지 못하고 서둘러 돌아와야만 했다. 다음을 기약했지만, FOP의 악화로 인해 그때가 마지막 고향행이 되고 말았다. 다시는 볼 수 없다고 생각하니 그리움이 커졌다. 그리움이 사무칠 때면 마지막 만났던 비가 생각났다. 비를 생각하면 그리움이 더 깊어져 마음이 힘들지만 그래도 고향에 온 나를 반겨준 비가 있어 마지막이 외롭지 않았다고 위안으로 삼았다.

고향에 살았을 때가 가장 오래 자연과 함께했고, 위로를 받았기에 떼려야 뗄 수 없다. 자연을 그리면 고향은 따라오게 된다. 서지도 걷지도 못하게 되고는 자연과 멀어질 수밖에 없었다. 오래전부터 가까운 곳으로 나들이는커녕 산책하러 갈 수 없었다. 어린 시절 소풍을 가본 것 외에는 여행 한번 못 갔고, 몸이 심히 아파도 병원조차 갈 수 없는 상황이다. 그렇기에 나에게는 어린 시절 눈에 담은 것이 전부다.

자연을 그리면 순수하고 때 묻지 않은 맑은 영혼으로 돌아간다. 때로는 동심으로 돌아가 보기도 한다. 비록 육체는 자유롭지 못하지만, 생각은 내가 하고자 하면 무한대이다. 언제든지 자연을 펼치고 감상할 수 있다.

○시를 언제부터 썼는가?
21년부터 본격적으로 썼다.

○시를 쓰게 된 동기는 무엇인가?
초등학생 시절에 한두 편 써보고는 FOP의 계속된 재발이 일어나 하루하루 싸워야 했기에 오랜 세월 동안 글 쓰는 일을 생각지 못했다. 보호막이 없었던 시대. 어린 나는 내 몸을 보호하는 데에 온 정신과 마음을 쏟아야 했었다. 성인이 되고 바라던 자유가 왔지만, 육체적 장애가 심해 연필을 드는 것이 어려워졌다. 그래도 가진 것이 시간이라 글을 조금씩 썼었다. 하지만 FOP는 나를 가만히 두지를 않았고 글을 쓰다가 놓아버렸다. 그 후 주변 지인이 글을 써보라는 말을 흘려보내고, 자신도 없어서 도전할 생각도 접었었다.

몇 년 전 지인으로부터 제안이 들어와 내 안에 있던 것이 꿈틀댔다. 그러나 FOP를 지닌 내게는 쉬운 것이 아니었다. 몸에 무리가 가고, 딱딱한 마우스를 오래 들고 있으면 손 근육이 자극받아 재발을 부를 수 있으므로 많이 망설이고 고민했다. 재발이 시작되면 멈추는 약도 없고, 고통을 줄일 수도 없고, 어떤 동작을 잃게 된다. 재발로 인해 새로이 나온 뼈들은 평생 불편을 가져오고 걸리적거린다. 아무리 작은 뼈일지라도……

예를 들어서 등 쪽에 뼈가 생기면 잠자리의 불편을 초래하고 그 고통을 평생 감당해야 한다. 그렇기에 쉬이 결정 내릴 수 없었다. 그러나 지인의 계속된 권유로 내 안에 잠자고 있던 꿈이 물 위로 올라와 일렁였다.

'그래. 해보자. 하는 데까지 가는 거야.'

희망의 홀씨를 날리기 위해 나의 삶을 쓰기 시작했다(『희망바라기』). 어렸던 나의 학창시절을 떠올리다가 순수했던 그때의 꿈이 생각났다. 내 마음속에 고이고이 여러 겹 접어 둔 꿈. 시와 노래와 성우였다. 목과 턱이 불편하고 외부 활동을 못 하니까 실현 가능한 꿈은 시를 쓰는 일. 나는 시를 쓰고 싶었고 꿈의 도전을 시작했다. 나의 삶을 반추하며 천천히 여러 시각으로 들여다보고 한 자 한 자 써 내려 갔다.

○시를 무엇이라 정의하는가?

시는 영혼의 울림이다. 정신과 영혼이 머무는 세계에서 나오는 소리이다. 자연과 우주, 영혼이 하나로 일치할 수 있는 또 다른 세상이라고 할 수도 있다. 현실을 물질적 세계라고 하면 시는 정신적 세계이다.

○시는 주로 언제 잉태되고 시를 쓰는 시간은 언제인가?

주로 조용한 아침에 나고 메모를 할 수 있을 때는 적어 둔다. 컴퓨터를 할 수 있는 늦은 오후. 대부분 저녁 7시 후로 쓴다.

○시인으로서의 일상이 궁금하다.

늦거나 빠를 때도 있지만 새벽 6시쯤 일어나 하루를 연다. 장애가 있다 보니 늦잠을 자서 좋겠다고들 말하지만, 나의 경우는 다르다. 식사 시간이 2시간 소요되기 때문에 남들보다 일찍 일어나야 한다. 식사가 끝나면 세면을 하고 타인의 손을 빌려 내가 먹을 요리를 한다. 그리곤 점심을 먹고 나면 오후 1시 반이 넘는다. 식사 시간이 오래 걸려서 앉아 있는 시간을 줄이려고 이른 저녁을 먹을 수밖에 없다. 하루 일상을 마치고 나면 6시쯤 된다. 그 후부터는 침대에서 컴퓨터로 하는 일과를 시작한다. 잠자는 시간은 이르지 않고, 몸 상태에 따라서 다르다. 나에게는 주말이 존재하지 않는다. 때로는 쉬고 싶어도 건강상의 사정으로 마음 편히 늦잠을 즐길 수 없기 때문이다.

○시인의 삶을 지배하는 것은 육신인가 정신인가. 아니면 또 다른 무엇이 있는가?

FOP가 삶을 지배한다고 볼 수 있다. FOP가 육신을 지배하지 않았더라면 삶의 방향은 달랐을 것이고 평범하게 살았지 싶다. 끝없는 노력으로 정신은 빼앗기지 않았다. 어떤 어려움과 어떤 상황이 닥쳐와도 나의 정신과 영혼을 지킬 것이다. 어떤 것에도 굴복하지 않을 것이다. FOP에게 정신마저 빼앗긴다면 나는 내가 될 수 없다.

○시를 쓴다는 행위를 어떻게 정의하는가?

영혼의 세계에 들어서면 시를 쓸 수 있는 준비가 된 것으로 생각한다. 시로 쓰이든 아니든 어떠한 생각에 잠기면 언제고 쓸 수 있다. 깊은 심연으로 들어갈수록 긴 여운을 남긴다. 시를 쓰는 일은 넓은 우주 공간을 항해하는 돛단배와 같다.

○시 쓰기의 고통이나 기쁨에 대하여

상처와 아픔을 꺼내는 일은 고통이 따른다. 오래된 과거라 괜찮을 줄 알았지만, 가슴 아프고 때때로 눈물도 흐른다. (부끄럽지만 그때 참아서인지 저절로 흘러내린다.) 깊이 맺힌 한을 떠올릴 때는 복받쳐 올라 목이 메고 가슴이 저려온다. 특히나 엄마를 생각하면 그때 못한 일들에 대해 가슴이 미어진다.

육체적 장애. FOP는 나를 가두고 여러 가지로 많은 고통을 맛보여주었다. 그래서 시를 쓰는 것이 고통일 때도 있지만 위로를 받고, 기쁠 때도 있었다. 현실적으로는 몸이 힘들지만, 보람도 느낀다.

○이번 시집에서 혼자 낭독하고 싶은 시 1편을 꼽는다면?

「숙명」

　　냉골방 한 편
　　가슴 저미도록 절규하며 울부짖을 때
　　당신은 나타나지 않으셨지요
　　때가 되지 않아서인 걸 모른 채
　　애타게 애타게
　　누군가를
　　바람 부는 벌판에서 기다렸지요

　열네 살. 나는 주어진 삶을 받아들였다. 그러나 그해 겨울은 유난히도 춥고 고통은 커졌다. 어린 나이에 감당키 버거운 고통이었다. 소녀는 절규했다. 첫겨울은 나에게 가혹하게 다가왔고 「숙명」에 고스란히 담아냈다.

○시의 독자는 소멸하고 있다. 그에 대한 시인의 생각은?
　독서를 하는 사람이 준다는 것은 안타깝다. 가난한 환경에 자란 나는 교과서와 문제집 외에 책 구경도 못 하고 살았다. 또한, FOP의 진행으로 악화하여 중중 장애를 지니게 되어 책을 보기가 어려웠다. 여러 여건이 되지 않아 책을 별로 접하지 못했었다. 늦었지만 독서를 시작했다. 앞으로 시와 소설, 동화를 계속 읽어보고 싶다. 시는 영혼을 맑고 순수하게 만든다. 많은 이들이 영혼의 소리에 귀를 기울이고 영혼의 세계에 눈을 떴으면 좋겠다.

○시인으로서의 삶과 일상인으로서의 삶은 다른가?

일상에서 시가 떠오르기도 하지만 크게 다르지 않은 것 같다. 그 이유는 깨어 있기 때문이다. 영혼의 세계를 옆방에 들어가듯이 쉬 넘나들 수 있다. 필요하다면 1초 사이 현실로 나올 수 있으니까 말이다.

○시를 쓰는 힘은 무엇이라고 생각하는가?

온몸과 마음을 모으면 가슴이 끓어오른다. 내면에서 나오는 힘으로 영혼의 소리가 문장으로 쓰여진다.

○시를 쓰는 것이 병고를 겪는 데 위안이 될 수 있는가?

시를 쓰다 보면 어느 순간 나 자신도 모르게 위안이 되고 있다. 육체적으로 힘들 때 써 놓은 시를 생각하면 마음에 평온이 스며든다. 너무 힘들어 바닥으로 추락했을 때 시는 올라오는 디딤돌이 되어 주었다. 나의 힘의 원천은 시라고 해도 과언이 아니다. 요즘 나의 상황에 딱 맞는 위로의 시다.

「괜찮아」

천근만큼 나가는 몸을 일으켜

네 바퀴 달린 차가운 쇳덩이 위에 앉으면
오늘이란 하루가 열린다

고통이 목덜미까지 쪼여 들지만
두꺼운 창으로
비집듯 엷게 스며드는 햇살에
괜찮아
오늘도 사는 거지

(…중략…)

벽이 가로막아 절망이 빠져들고
때때로 흔들리는 나뭇잎 같아도
때때로 돌부리에 넘어져도
내 곁에 버팀목인 벗이 있어
괜찮아
부둥켜안고 사는 거지

○이번 시집을 출간하면 꼭 하고 싶은 일이 있는가?
 뼈의 감옥에 갇히지 않았더라면 첫 번째는 벗을 만나고
싶다. 인연이 닿아 벗이 된 지 곧 스무 해가 된다. 그러나
나와 같은 아픔을 겪고 있고 누워서 생활한다. 서로가 심
한 중증 장애를 지니고 있어서 만날 수 없다. 어느 쪽이든
이동을 할 수 없으니 우리는 긴 세월 동안 한 번도 만나지

못했다. 오래전에는 만날 날을 고대하기도 했었지만, 기회가 닿지 않았고 건강은 날이 갈수록 나빠졌다. 만약 만나게 된다면 부둥켜안고 울 것 같다. 기쁨과 슬픔이 한데 어울린 눈물. 서로의 아픔과 마음을 잘 알고 무수한 고통의 길을 건너서 만났으니까……

　서로의 상처와 아픔을 어루만지면 뜨거운 눈물이 흐를 것 같다. 그리고 반가움이 넘쳐나 어찌할 줄 몰라 노루마냥 경중경중 뛰고도 남을 것이다. 또한, 못 다한 이야기꽃을 밤새 피울 듯싶다. 우리는 어쩌면 이산가족보다도 더 애절하고 슬픈 이별을 겪고 있을지도 모른다. 아주 오랫동안 혼자였고 외로움이 뼛속까지 깊이 박혀 있으니까. 그렇기에 벗과 나는 그리워하는 마음이 크다. 그리워할 수밖에 없지만 그리워할 대상이 있고 그리워할 수 있어서 그리움도 행복이라고 나는 말한다.

　두 번째는 고향 방문이다. 마지막 방문에도 변화되었는데 지금은 많이 변했을 것 같다. 그래도 한 번쯤 보고 싶은 마음이 있다.

　세 번째는 바다를 보는 것. 나는 바다를 한 번도 본 적이 없다. 십여 년 전쯤까지는 사람들이 내게 가장 가고 싶은 곳이 어디냐고 물으면? 바로 "바다"라고 대답했다. 어릴 때는 한 번도 본 적이 없으니 실제 바다가 궁금해서였지 싶다. 인터넷의 발달로 영상과 사진으로 접하게 되니 궁금한

것은 없어졌다. 현재는 꼭 가고 싶다고까지는 아니다. 못 봐도 나는 괜찮다. 다만 지치고 힘들 때 바다를 하염없이 바라보고 싶다. 시골 살았던 난 꽃, 나무, 물, 하늘, 산 등등의 위로는 받아보았지만, 바다로부터는 안 받아보았다. 그래서 한 번쯤은 느껴보고 싶을 뿐이다. 지금의 몸 상태로는 할 수 있는 것이 별로 없다. 현실적으로는 그렇지만 영혼 세계에서 가능한 일로 답한다.

탁자 위에 보라색 초 하나 밝히고 벗과 함께 소박한 파티를 하고 싶다. 춤추는 촛불과 서로의 얼굴을 마주보며 차 한잔 마시는 것도 괜찮다. 만날 수 없으니 마음으로….